史蒂夫冒险系列

凋灵来袭

［美］温特·摩根◎著

高剑◎译

时代出版传媒股份有限公司

安徽科学技术出版社

Attack on Minecrafters Academy by Winter Morgan
Copyright © 2017 by Skyhorse Publishing, Inc.
Published by arrangement with Skyhorse Publishing
中文简体字版权归上海高谈文化传播有限公司所有

[皖] 版贸登记号：12181859

图书在版编目（CIP）数据

凋灵来袭 /（美）温特·摩根著；高剑译 .—合肥：
安徽科学技术出版社，2020.3
（我的世界·史蒂夫冒险系列）
ISBN 978-7-5337-8046-3

Ⅰ.①凋… Ⅱ.①温… ②高… Ⅲ.①儿童小说—幻想小说—
美国—现代 Ⅳ.① I712.84

中国版本图书馆 CIP 数据核字（2020）第 027083 号

DIAOLING LAIXI
凋灵来袭

[美]温特·摩根 / 著
高剑 / 译

出版人：丁凌云　　　选题策划：张 雯 郑 楠　　责任编辑：陈芳芳
特约编辑：袁 圆 沈 睿　责任校对：戚革惠　　　　责任印制：廖小青
封面设计：叶金龙
出版发行：时代出版传媒股份有限公司　http://www.press-mart.com
　　　　　安徽科学技术出版社　　　　http://www.ahstp.net
　　　　　（合肥市政务文化新区翡翠路 1118 号出版传媒广场，邮编：230071）
　　　　　电话：（0551）63533330
印　　制：合肥市华丰印务有限公司　电话：（0551）66773933
（如发现印装质量问题，影响阅读，请与印刷厂商联系调换）

开　本：635×900　1/16　　　印张：7.5　　　　字数：150 千
版　次：2020 年 3 月第 1 版　　2020 年 3 月第 1 次印刷

ISBN 978-7-5337-8046-3　　　　　　　　　　　定价：19.00 元

目　录

第一章
开学第一天

茱莉亚很少离开冰原群系。她觉得每天能和朋友们建造雪屋、打打雪仗就挺好的，为什么要去探索主世界的其他地方呢？曾经有一次，她跟着几个朋友去寻宝，本以为会很有意思，结果却被困在昏暗发霉的要塞里，没过几秒钟就被一支骷髅军队的乱箭射死了，然后在自己的床上重生。后来，朋友们问她没能够亲手挖出宝藏会不会感到失望。实际上，她很高兴在床上重生，提早结束了冒险。她就喜欢舒舒服服地待在家里。

此刻，茱莉亚正盯着"我的世界"学校的录取通知书。之前，她不过是抱着试试看的心态递交了申请，从来没奢望能被录取——要不是因为她建造的那座超级棒的雪屋，她压根儿都不会知道还有这样一所学校。

那是一座她花了好几个礼拜的时间建造并装饰的雪屋，当她在雪屋旁忙前忙后的时候，那些路过她那寒冷的村庄的人，总会停下来跟她聊聊她的建筑作品。

那天，两个寻宝猎人在雪地里寻找着传说中藏有钻石的废弃矿井。他们一瞧见雪屋，就不禁停下脚步，出神地看着它。

"这是你建的？"戴蓝色头盔的黑发男人问。他旁边站着一个戴金色头盔、手拿铁镐的男人。

"对。"茱莉亚骄傲地微微一笑，"为什么这么问？"

戴金色头盔的男人赞叹道："这太了不起了！"

"我们哪儿都去过，却从来没见过像这样的建筑。"戴蓝色头盔的男人补充道，然后他介绍自己说，"我叫亨利。"

"我是麦克斯。"戴金色头盔的男人微笑着说，

"我必须告诉你，有所学校对你再适合不过了。在那里你可以学习建造更了不起的建筑。"

"那所学校只录取最厉害的人，不过我相信，你有希望。"亨利说。

"您怎么知道的？"茱莉亚问。

"我们的朋友露西是那所学校的校长。"麦克斯回答。

茱莉亚先听两个寻宝猎人详细地介绍了学校，然后带他俩参观了雪屋。

"哇！"麦克斯一走进那座又圆又厚的白色雪屋就不禁惊叹道，"里面建得真不错。"麦克斯发现雪屋内部很宽敞，里面还整齐摆放了几个大木箱和几支火把。

亨利和麦克斯要先走一步，他们感谢茱莉亚带他们参观雪屋，还叮嘱她别忘了申请到"我的世界"学校去，在那里她可以学习用其他材料建造房屋。后来，茱莉亚犹豫了很久，最终还是提交了申请。她知道要进那所学校，竞争会非常激烈，所以尽管她提交了申请，还是做好了被拒绝的准备。

当她收到录取通知书，得知第二天就要去学校上课时，她的心不禁怦怦直跳。她琢磨着能不能回绝学校，不过她告诉自己，勇于尝试很重要。就像之前她尝试和朋友们一起去寻宝，尽管后来发现寻宝这种事与她无缘，但她从来也没有后悔去过。

茱莉亚将"我的世界"学校要求携带的装备塞进工具包，还带了嵌有绿宝石的幸运剑、小麦和其他可做交易的东西。

学校为茱莉亚提供了两种到校方式——传送或者步行穿过主世界到达。她看了看地图，上面醒目地标记了到"我的世界"学校这一路上需要经过的矿井、神殿和其他能找到宝藏的地方，然后她拿定主意，打算把自己传送过去。她才不想冒险，她可不愿意在去学校的路上和哪个怪物打上一架。在主世界，茱莉亚算是第一个主动承认自己是"最差劲的战士"的人了。每次天黑之后她还在野外时，只要撞上僵尸或是骷髅，她就会吓得僵住，一动不敢动，任由自己成为怪物们攻击的目标。

茱莉亚将自己传送到学校门口，她一睁开眼就看到一个戴眼镜的黄头发女人站在那里。那女人忙迎上来说："你一定是茱莉亚吧！"

"您怎么知道？"茱莉亚用她那双锐利的绿眼睛盯着对方，将沾在脸上的火红色头发拨开。

"我听说过很多关于你的事情。"那个女人开口说，"我叫露西，是这儿的新校长。"

"我是从您的朋友亨利和麦克斯那里知道这所学校的。"见到校长，茱莉亚不禁心潮澎湃。

"茱莉亚。"她听到一个熟悉的声音大喊着自己的名字，她一转身，瞧见亨利飞快地向她跑来，麦克斯被他远远地甩在了后面。

"亨利、麦克斯！你们怎么在这儿？"茱莉亚大声说道。

"他们今年会在学校代课。"露西说，"我真幸运，能有他们这两个朋友。其实你今天就要去上亨利的生存技能课和麦克斯的模组课。"

"太棒啦！"茱莉亚微微一笑。知道学校里有熟人，她总算松了口气。

"我让学生生活主管卡特带你去宿舍。你先安顿下来，见见室友。"露西说着叫来了卡特。

卡特身穿"我的世界"学校的衬衫，走到茱莉亚身边，微笑着说："欢迎你！希望你在学校的第一天过得愉快。"

"好。不过我刚刚到，很兴奋，有点儿不知所措。"茱莉亚说。

"这很正常。每个人第一天到学校都有这种感觉。"卡特说。

茱莉亚深吸了一口气，走进宿舍后，她才真正接受了要生活在没有雪的地方这个事实。然后，卡特向她介绍室友，"这是哈莉。"

茱莉亚看着自己的室友，她的头发是蓝色的，戴着一个雏菊发夹，穿一条格子裙，还穿了一双齐膝的袜子。

"我们必须穿校服吗？"茱莉亚问。

　　"不用。"哈莉轻柔地说，声音小得几乎听不到，"为什么这么问？"

　　"噢。"茱莉亚微笑着说，"我见你穿着格子裙，还以为是校服呢。"

　　"别取笑我，也别取笑任何人。"哈莉小声咕哝着，她不想让卡特听到。

　　卡特想先走一步，"你们好好认识一下。别忘了过会儿去上亨利的生存技能课。"说完，她就离开了。

　　茱莉亚道歉道："对不起，我没有取笑你的意思，请原谅我。我习惯了一个人生活，这儿对我来说太陌生了。"

　　哈莉不耐烦地说："你考虑过我的感受吗？"

　　茱莉亚瞧了一眼上生存技能课需要的物品清单，问哈莉："你想和我一起去上课吗？"

　　"不了，上课之前我还有事情要做。"哈莉轻轻地说。

　　茱莉亚担心"我的世界"学校的其他学生和哈莉

一样不友善，开始有点儿害怕交不到朋友了。一走进教室，她便瞧见两个站在一个敞着的木箱旁的女孩。其中一个身穿红色衬衫的金发女孩冲茱莉亚微微一笑，邀请她和她们一起上课。

"嗨，我是艾玛，这是米娅。"金发女孩说。

米娅的黑头发垂下来，遮住了她的左眼，她说："亨利让我们把我们认为最重要的生存武器和药水塞进这个箱子。"

茱莉亚飞快地扫了一眼自己的工具包，搜寻求生用得上的所有装备。

"亨利说要在什么地方生存了吗？是哪个生物群系？我知道在冰原群系，你会需要很多不同的装备，因为我们不能像在其他生物群系一样找到很多木头。至于动物，除了狼，也许还有北极熊，然后就没有什么别的动物会出来觅食了。"

茱莉亚说话时，没发现亨利就站在她身后。

"哇，说得很到位，茱莉亚。"亨利评论道。

茱莉亚吓了一跳。她可不想成为老师的宠儿，不过能受到重视，她还是挺骄傲的。

"您是在问我们基本的生存知识吗？"茉莉亚问道，她想搞清楚亨利到底留的是什么作业。

亨利在课上给同学们讲解了不同的生存模式以及不同模式需要掌握的知识。他让学生们分组练习，艾玛和米娅再次邀请茉莉亚加入她们的小组，这让茉莉亚特别开心。

"你给亨利留了个好印象。"米娅说。

当时她们正忙着做课题：首先每个小组要选出一种药水，并且与其他小组的不同，然后试用一下，让班里的每位同学猜他们用的是哪种药水。

"我们绝对不能在身上洒隐身药水，要不然一下子就被同学们识破了。我们必须选一种稍微有点儿难猜的药水。"艾玛提议道。

米娅和茉莉亚都同意艾玛的提议，可茉莉亚没法把注意力集中在课题上，她正盯着哈莉看。哈莉上课迟到了，还孤零零的一个人一组。她站在角落里，手里拿着一小瓶药水。

同学们还没来得及展示，下课铃就响了。

亨利说："记住你们跟谁一组和你们打算使用哪种药水，我们下次一上课就展示。"

艾玛问茱莉亚要不要和她们一起吃午饭。茱莉亚同意了，可她还是盯着哈莉看个不停。

"你怎么总盯着那个女孩？"米娅问。

"那是我的室友哈莉。她有点儿奇怪，我在监视她。"茱莉亚说着，瞧见哈莉朝着与食堂相反的方向走了。

"看来她是不打算吃午饭了。"艾玛说。

看着哈莉走进一片树林，消失在浓密的树叶之中，茱莉亚站起来说道："不知道她这是要去哪儿。"

"我们快跟上她。"米娅说。

第二章
奥林匹克大赛

艾玛最先进入到浓密的树林中。当米娅拨开树叶时，刚好瞧见艾玛走进树林。

"看到什么了吗？"米娅走到艾玛身后问道。

"我看到有块空地，地上有洞。"艾玛说。

茱莉亚一只脚刚踏进树林，就听到有人喊她的名字，她一转身，瞧见了露西。

"茱莉亚，难道你忘了今天午饭前学校要召开全体学生大会吗？也就是说，学生必须都参加。"露西一边说，一边走到她身边。

艾玛和米娅从树林里走了出来，恰好听到茱莉亚在说："我们肯定准时参加。谢谢您的提醒。"

"你们在干什么呢，想去树林？"露西满腹狐疑地盯着三个人问。

"我们弄丢了一支箭，正在找呢。"艾玛撒了个谎。

"好吧，你们过会儿再找吧，"露西朝主楼走去，"现在跟我去开会吧。"

茉莉亚想说实话。她想告诉露西，她的室友哈莉参加不了大会，她还在树林后面的洞穴里呢。但她什么都没说，跟着露西去了主楼。主楼里挤满了学生。卡特站在讲台上向大家致辞，对来到"我的世界"学校的新生表示欢迎。

"我们今晚将在宿舍外的草地上举办迎新晚宴。大家早点儿过去，不要在外面待到很晚，我可不愿意我的学生吃过大餐后再和怪物们打上一架，搞得自己消化不良。"学生们咯咯地笑了。卡特继续说："这位是我们的新校长露西，她有好消息要宣布。"

露西站上讲台。就在卡特走下台阶时，露西说："我很高兴地宣布，我们学校被选中参加奥林匹克大赛了。"

欢呼声响彻整个礼堂。

"著名的奥林匹克大赛将展示学生在学校所学的各项技能。不过还有个坏消息，虽然我们学校是所精英学校，而且只录取最优秀的学生，但奥林匹克大赛只允许三名学生代表'我的世界'学校参赛。明天我们将进行选拔。如果你想参加奥林匹克大赛，请前来报名。我知道今天是开学的第一天，你们都还在适应新的生活，但下个礼拜我们就必须派出学生代表去参赛了。"

会议结束了。米娅、茱莉亚和艾玛一起向食堂走去。一想到奥林匹克大赛，米娅就激动得不得了，她迫不及待地说："我要去参加选拔。听上去太棒了。"

"你打算靠什么技能参加选拔？"茱莉亚问。

"药水。我就是凭借炼金术士的技能才被学校录取的。吃完饭，我就直接去实验室配制药水。"

"实验室？那还找不找哈莉了？"茱莉亚问。

"她都没来开会。"艾玛说。

"太好了。"米娅说，"少了一个竞争对手。露西校长说只能选三个学生参赛。"

"我们要是都能被选上岂不是很好？我们就能一起去参加奥林匹克大赛啦！"艾玛说。

"可你们要是偷懒，整个下午都跟在茱莉亚室友的屁股后面，就肯定会落选。人人都想参加奥林匹克大赛，所以你们必须多多努力才行。"米娅说。

"我想以建造者的身份代表学校参赛，"茱莉亚说，"我能建出坚固的雪屋。"

艾玛坦言道："我也想以炼金术士的身份参加选拔，但你好像已经选那个角色了，米娅。"

"我们两个都可以试试，"米娅接着说，"但只有一个人能入选哦。"

"你来'我的世界'学校靠的是什么技能？"茱莉亚问。

艾玛低下头，轻轻地说："我是个战士。"

"什么？"米娅问。

"战士。我是个特别厉害的战士，射箭百发百中，可我不喜欢打斗。我是在主世界里一个非常危险的地方长大的，我还在下界生活过很长时间。正是在下界的生活经历磨砺了我的技能，"艾玛说，"但我宁愿做配制药水的事。"

"我要是个厉害的战士就好了，"茱莉亚说，"我在打怪方面最差劲了。我要是遇到怪物，会立刻僵在原地。我肯定是主世界里最容易被攻击的目标。"

"我觉得你还是该以战士的角色竞争参赛资格。"米娅说，"炼金术并不简单，需要练习很久技艺才能精湛。既然你已经有了很棒的技能，就该努力做到最好才对。"

"我想你说得没错。"艾玛说。

"艾玛，"米娅微笑着说，"如果你愿意学，我可以把我知道的炼金术的知识全部告诉你，不过要在参赛结束后哦。"

"一言为定。"艾玛说。

茱莉亚松了口气，她的两个新朋友总算不用为了争取参赛资格而较劲了。不过，她虽然想参加选拔，却也想去树林里瞧瞧哈莉到底在洞穴里搞什么鬼。

"我觉得你没法直接去实验室，"艾玛提醒米娅道，"我们不是还有模组课吗？"

"噢，是的。"米娅瞧了一眼课程表，"那下了课我就去实验室。"

"要是哈莉没上模组课，下课后我就去找她。"茱莉亚说。

女孩们吃过午饭，径直朝主楼的模组课教室走去。当茱莉亚瞧见麦克斯站在全班同学面前时，她微微笑了一下。

"模组是控制和改变我们所处的环境和自身能力的方法。"麦克斯用Java①代码给大家讲解模组知识，还让学生们开动脑筋，想想自己打算创建哪种模组。茱莉亚不想走神，可她的视线一整节课都没离开过教室门口，她一直在等着哈莉从那里走进来。可一直到下课，哈莉也没出现。于是，茱莉亚告别艾玛和米娅，直奔树林去了。

"等等。"一个熟悉的声音大喊。

―――――――――
① Java，一种计算机编程语言。

茉莉亚一转身，瞧见艾玛飞快地跑过来，便对她说："你怎么不去练习战斗技能？"

"听你说你一见到怪物就吓得不行，我很担心你。"艾玛说，"要是哈莉是坏人怎么办？你打算怎么保护自己？"

"我不知道。"茉莉亚说。

"我和你一起去吧。"艾玛说。

艾玛和茉莉亚朝树林走去。突然，她们听到一声巨响。

"怎么回事？"艾玛大声说道。

茉莉亚转过身，瞧见一阵浓烟，"不知道，不过我们必须过去看看。"

第三章
主楼爆炸

这时，两个学生飞快地从茱莉亚和艾玛身旁跑了过去。茱莉亚冲着他们大喊："出什么事了？"

"主楼被炸了。"其中一个学生叫道。

"什么？你说的是真的吗？"艾玛吃惊地问。

茱莉亚根本用不着听他们的回答，因为她看见学校里浓烟滚滚，瓦砾散落一地。"为什么会有人这么做？"茱莉亚不解地问。

"不知道。"艾玛也一头雾水。

"我们去找米娅。"茱莉亚说，然后她俩一起朝主楼跑去。主楼废墟外的草地上挤满了学生，茱莉亚寻找着米娅的身影。

"希望她没在主楼的实验室里。"艾玛说。

　　"大家都还没在学校过过夜，所以如果他们被炸身亡了，就会在自己的家乡重生，然后再把自己传送回来。"茱莉亚说。

　　"哇，"艾玛说，"我怎么没想到，快看！"艾玛指着三个传送到她们面前的学生说，"你说的没错。"茱莉亚和艾玛听到米娅在喊她们，于是她俩急忙跑到朋友身边。

　　"你还好吧？"艾玛问。

　　"太可怕了。我是逃出来了，不过很多人都在爆炸中消失了。"米娅倒吸了口凉气。

　　"你运气不错，能逃出来。"茱莉亚说。

　　"我告诉你们，就在爆炸前，发生了一件怪事。"米娅慢慢地说。恰在此时，露西叫同学们集合，打断了她的话。

　　露西拿着扩音器说："同学们，我们要召开紧急会议，快到礼堂集合。"

　　艾玛一想到要去礼堂就心有余悸。她担心那儿会是第二个爆炸的场所。她心不甘情不愿地走了进去。

学生们聚集在礼堂中，等着露西讲话。

露西走上讲台，对大家说："我们学校今天出事了，而且很可怕。你们在"我的世界"学校度过的第一天真的很不容易。"

一个学生大声说："您知道是谁炸毁主楼的吗？"

露西摇了摇头，说："我也希望能回答你这个问题。我们目前正在调查爆炸的原因，还不知道爆炸是有人故意为之还是个意外。我知道，当时很多学生都在主楼里练习，为奥林匹克大赛的选拔做准备。"

茱莉亚希望这一切都是意外，她在礼堂里寻找着哈莉的身影，此时她发现哈莉差不多一整天都没有出现过了。

露西继续说："我们在大草坪上的迎新晚宴很快就要开始了。其间我会安排几个学生帮忙重新设计和建造主楼。"

茱莉亚盼着自己能有机会参与重建主楼，但又不愿意让自己在准备选拔时分心。

露西说："奥林匹克大赛选拔明天照常进行。一切都会恢复正常的。"

就在露西说话的这几秒钟，四只苦力怕悄悄地向她身后逼近。学生们根本没有时间提醒校长注意，因为露西还没来得及再说一句，苦力怕就自爆了，露西消失不见了。

"露西！"亨利和麦克斯大喊着冲出礼堂。

学生们都惊呆了，他们慌慌张张地来到大草坪上参加迎新晚宴。茱莉亚听到同学们都在小声议论着晚宴会不会取消。他们走出大楼，瞧见大草坪上早就摆满了丰盛的食物。

茱莉亚问米娅说："你在主楼的时候，到底发生了什么事？你想和我们说什么怪事？"

米娅回答："你的室友哈莉当时就在主楼里。她在我旁边的一个酿造台上制作什么东西，但她总是盯着我看。我以为她想和我说话，可我每次一开口，她就好像很生气似的。她配制出药水，然后把它塞进工具包就一溜烟跑出了主楼。当时我觉得有点儿不对劲。但更奇怪的是，她刚冲出去，主楼就爆炸了。"

“你是觉得爆炸和她有关？”艾玛问。

“我说不准，但我觉得我们该把这件事告诉露西。这也许是巧合，但我总觉得她一跑出实验室，主楼就爆炸了，这也太不正常了。你们觉得呢？”米娅说。

茱莉亚和艾玛也觉得哈莉的行为确实古怪，但她们也知道这并不意味着就是哈莉炸毁了主楼。不过她们三个人都认为还是该告诉一下露西，留意哈莉的可疑行为。

她们三个人走进办公大楼，朝露西的办公室走去。她们看见亨利和麦克斯站在门口。

亨利对她们说：“如果你们是来看望露西的，那就回吧，她现在很好。”

麦克斯说：“改天再来，好吗？”

“露西很快就会去参加迎新晚宴的。”亨利说，“她还在休息。我们会告诉她你们来过。”

这时，他们听到了露西的声音。“你们在和谁说话？”她问亨利和麦克斯。

不一会儿，露西走出办公室。茱莉亚恨不得冲过去，一股脑儿把室友鬼鬼祟祟的举动都告诉露西，但她没有那么做。相反，当她瞧见哈莉从露西的办公室里走出来时，不禁深深地倒吸了一口凉气。

第四章
迎新晚宴

"你们是要去参加晚宴吗？"露西问。

"是的。"茱莉亚盯着哈莉回答说。

"太好了，那我们一起下楼吧。卡特为这次晚宴准备得非常辛苦，真希望一切顺利。"露西说。

艾玛、米娅和茱莉亚跟着露西、麦克斯、亨利和哈莉去了晚宴现场。当走到其他人听不到她们仨低语的地方时，茱莉亚对朋友们说："怎么回事？"

"也许我们误会哈莉了。"艾玛说，"她可能不是坏人。"

"这可说不准，"茱莉亚说，"说不定他们都是坏人呢。"

"这想法听着可有点儿疯狂，"米娅说，"我觉得我们还是不要胡思乱想了。我们就好好吃点东西，晚上准备一下选拔的事吧。我们如果能一起参赛，肯定有趣极了。"

她们都打算为进入奥利匹克大赛尽最大的努力，于是不再盯着哈莉，也不再琢磨她是不是在搞什么阴谋了。

晚宴上的盘子里摆满了鸡肉、蛋糕和苹果。能有鸡肉吃，这可乐坏了茱莉亚。她在冰原群系很少能吃到肉。

艾玛一瞧见炖蘑菇也兴奋得不得了。"我最喜欢炖蘑菇了。"她欢呼道，"我只去过一次蘑菇岛，那段日子特别美妙。"

三个人一边吃大餐，一边跟学校里的其他同学聊天。茱莉亚对布拉德印象很深，通过聊天她得知，他算得上是主世界里最优秀的建造者之一。她忽然发现，想在选拔中打败他并不容易。布拉德在主世界建了不少建筑，他把这些建筑的照片都拿给茱莉亚看。

"这个建筑太棒了！"茱莉亚看着一栋摩天大楼

的照片说，"这得有一百多层吧。"

"一百零一层。"布拉德确认道。

茱莉亚差点儿被鸡肉噎住，不禁赞叹道："太了不起了！"她开始担心起来，因为自己可能没机会参加学校奥林匹克大赛选拔了。住在冰原群系时，她想当然地认为自己是世界上最好的建造者，因为那里没有任何竞争。可是在这儿，她亲眼瞧见了主世界里最厉害的几个学生。茱莉亚找个借口走开了，她想一个人静静。

米娅瞧见茱莉亚孤零零地站在远处的一棵大树旁，便走过去问道："怎么了，茱莉亚？"

"我不想参加选拔了。"茱莉亚坦言道。

"为什么？"米娅吃了一惊。

"我刚刚遇到了一个比我厉害得多的建造者。我觉得我入选是没戏了，所以干吗还要多此一举地去参加选拔呢？"茱莉亚丧气地说。选拔还没开始，她就已经认输了。

"你必须参加选拔。我和艾玛还想和你一起去参加奥林匹克大赛呢。"

　　"你们怎么那么有信心认定自己能入选？"茱莉亚问。

　　"我不是有信心，只是想尽自己最大的努力罢了，剩下的事就交给老师定夺好了。你也应该这么做。"米娅说。

　　茱莉亚知道米娅说的没错。天渐渐暗了下来，露西拿起扩音器，提醒大家回宿舍休息，"我们明天一早就要忙了。第一件事就是选拔比赛。"

　　茱莉亚朝宿舍走去，这时她瞧见哈莉一溜烟去了树林。她想找艾玛和米娅，却没有看到她们。她不敢一个人跟踪哈莉。茱莉亚终于回到宿舍，爬上了床。她一直盯着哈莉空荡荡的床铺，最后不知不觉睡了过去。

　　第二天早晨，茱莉亚一觉醒来，发现哈莉的床还是空的，她琢磨着，哈莉会不会一晚上都没有回来睡觉。

第五章
参加选拔

茱莉亚望向窗外，同学们成群结队地站在礼堂大楼前，她这才意识到，大家已经在排队等待参加选拔了。她瞧见艾玛和米娅正穿过草坪朝着大家的方向走去，便急忙冲出宿舍，向朋友们跑去。

"艾玛！米娅！"茱莉亚大喊道。

"茱莉亚，"米娅微笑着说，"你来参加选拔啦。"

茱莉亚看到布拉德也站在队伍里。"没错儿，我发现我入选的概率其实和学校里的其他建造者差不多。"茱莉亚说。

艾玛抬头望着天空说："你们感觉到了吗？"

米娅拂去脸上的雨滴，回答说："嗯，下雨了。"

"看那边。"茱莉亚大喊一声，吓得一动也不敢动，她看到两个骷髅就在离她们一步之遥的地方生成了。

艾玛一把抓起弓箭，精准地击中了那两个骷髅，消灭了它们。

"真厉害！快去捡它们掉落的骨头和箭吧。"米娅说。

当艾玛跑过去捡起那两个骷髅掉落的物品时，又有五个骷髅生成了，艾玛使出浑身解数，打败了威胁她们的骨头怪物。

"这会不会是选拔项目之一？"茱莉亚问。

"有可能，"米娅说，"我也觉得这应该就是选拔项目。"

大雨倾盆而下，学校里湿透的草地上出现了不少水坑。茱莉亚躲避着骷髅的攻击，向大楼跑去，她小心翼翼，生怕滑倒。当她刚进礼堂时，迎面发现四个骷髅举箭瞄准了她。她吓得尖叫起来。

茱莉亚一动不动，她不知道该怎么办才好。

"拿起你的弓箭！"她背后传来一个声音。

茱莉亚转过身，想瞧瞧是谁在说话。就在她转头的瞬间，两支箭射中了她，削弱了她的生命值。

"喝点儿药水。"那个声音说。

她伸手去拿药水，才发现说话的原来是布拉德。他可是她最强有力的竞争对手，而他竟在这儿无私地帮她。趁茱莉亚喝下治疗药水的工夫，布拉德消灭了那几个骷髅。

"谢谢。"茱莉亚说。

"你也能对付骷髅。你只要穿上盔甲，用上弓箭就行。"布拉德说。

茱莉亚穿上金色盔甲，抓起弓箭。

这时，布拉德大喊道："看那边。我发现那边的骷髅更多！"

她盯着骷髅，深吸了一口气，然后举起弓箭对准骷髅，射中了其中一个，消灭了它。

"看到了吧？你可以的。"布拉德说。

这时，茱莉亚又消灭了一个骷髅，顿时信心大增。

"你觉得这是选拔项目吗？"茱莉亚问。

布拉德回答："如果真是的话，我就不会帮你了。你可是我的头号竞争对手。就因为你，我今天差点儿没来参加选拔。"

"真的吗？我也差点儿没来。"茱莉亚说。

"好吧，如果这就是选拔比赛，那就让最优秀的人获胜吧。"布拉德微微一笑。

随后，一大群骷髅蜂拥进礼堂，追赶着露西。露西向他们几个求救。茱莉亚和布拉德接二连三地向骷髅射箭。

茱莉亚大喊："我觉得这应该不是什么选拔项目。"

茱莉亚和布拉德消灭了几个骷髅。这时，太阳出来了，剩下的几个骷髅立即不见了踪影。

"谢谢你们。"露西向茱莉亚和布拉德表达感激之情，"你们消灭骷髅时的表现相当不错。"

卡特冲进礼堂，忙问道："露西，你还好吧？"

露西冷静地回答："没事，一切正常。我总觉得这场雨来得有些突然。我们必须继续选拔才行。请把大家叫进来，我们这就开始。"

茱莉亚瞧着布拉德。她离这个竞争对手只有几步的距离，但她只是看着他，微笑着说："祝你好运。"

"你也是。"他回答。

"既然你们两个到得最早，就从你们开始吧。"露西对布拉德和茱莉亚说。

"我们两个都是建造者。"茱莉亚说。

"我知道。"露西微微一笑，"给我看看你们最棒的作品吧。"

茱莉亚拿出一张雪屋的照片，布拉德给露西看了一张他建的摩天大楼的照片。露西看了看两张照片，迟疑了一会儿，说道："非常好。我会保存好这两张照片的。谢谢。"

茱莉亚看到艾玛和米娅站在入口处，等着参加选拔。

"我会等着你们的。"茱莉亚告诉朋友们。但当她瞧见哈莉穿过校园时，一下子就分了神。茱莉亚走在前一天走过的那条小路上，跟踪哈莉。她一踏进树林，就听到有人喊她的名字，于是她急忙转身。

第六章
进入洞穴

"茱莉亚！"

茱莉亚转过身，瞧见艾玛和米娅飞快地向她跑来。"你们的选拔怎么样了？"她问。

"我觉得还不错。"艾玛说。

"我的也是。"米娅说。

"你在这儿干什么？"艾玛问。

茱莉亚将手指放在嘴唇上，提醒她们放低声音。她轻轻地答道："哈莉在这儿。我敢打赌，她就在洞穴里。"

"我们去把她揪出来。"米娅说。

"你确定？"艾玛似乎非常担心。

"为什么不呢？"米娅反问道。

"我只是担心我们会给自己找些无谓的麻烦。"
艾玛坦言。

"我们必须帮助学校，"茱莉亚提醒她，"我们
决不能让哈莉毁了学校之后还逍遥法外。"

"慢着，"艾玛说，"我们连主楼爆炸这事和哈
莉有没有关系都还没搞清楚呢。"

"我们不能再耽误时间了，必须到洞穴里去看看，
搞不好我们已经把她跟丢了。"米娅说完就消失在了
浓密的树林里，艾玛和茱莉亚紧紧地跟在她身后。

艾玛说："在那儿。入口就在那边。"

"嘘！"茱莉亚谨慎地压低声音，"我们不能
被她发现。"

米娅从工具包里取出火把。艾玛说："好主意。
我也要拿出火把。"

洞穴里光线昏暗，她们三个人将火把插在了洞穴
的墙壁上。火光一亮起来，艾玛就大叫了一声。

"怎么了？"米娅问。

"看地上！"艾玛指着地面说。脏兮兮的地面上

爬满了蠹虫，还有几只恼人的虫子朝茱莉亚爬来，想要啃咬她。

"这些是什么东西？"茱莉亚问。

"蠹虫。"艾玛吓了一跳，"你从来没见过它们吗？"

"喝口药水。"米娅递给茱莉亚一个小瓶子，"喝吧。你不想让蠹虫削弱你的生命值吧？它们单个造成的伤害虽然不大，可现在它们的数量太多了，破坏力不容小觑。"米娅说。

艾玛从工具包里取出钻石剑，米娅和茱莉亚不禁赞叹不已。

米娅问："那是把附魔剑吗？"

"是的。"艾玛挥剑砍杀着数不清的蠹虫，"帮帮我！我们必须消灭这些蠹虫，找到哈莉。"

茱莉亚和米娅也纷纷从工具包里取出金剑，和艾玛一起砍杀这些可怕的虫子。这时，茱莉亚听到远处有动静，她抬头一看，瞧见哈莉正沿着洞穴内昏暗的隧道径直向下冲去。

"我看到哈莉了，"茱莉亚告诉其他人说，"我们必须跟着她。"

艾玛消灭最后几只蠹虫之后，急忙跟上茱莉亚和米娅。她们几个跟着哈莉，在昏暗的洞穴里越走越深。

"当心！"米娅大叫起来，她瞧见一双红色的眼睛正盯着她们。

"让我来。"艾玛信心满满地说。她挥剑砍向洞穴蜘蛛，一下子消灭了它。

"她没影儿了，我们跟丢了。"茱莉亚懊恼地说。她们几个人只能继续沿着隧道向下走。

"她也许藏在这扇门的后面。"米娅发现了一扇木门。

"你觉得这后面有什么？"茱莉亚问。

"要想知道答案，只有一个办法。"艾玛打开木门，她们眼前出现了一个宽敞的房间，里面有一个木箱，墙壁上还有一支燃烧的火把。

"这是要塞。"米娅说。

忽然，茱莉亚瞧见一双脚正沿着旋转楼梯向下走着，她轻轻地说："她在这儿。"

"我们该打开箱子看看吗？"米娅问。

"不行。我们必须跟着哈莉，没准儿她早把里面的东西拿走了。"茱莉亚说。

她们三个人朝着旋转楼梯走去，可还没走到楼梯处，米娅就捂着嘴尖叫起来："骷髅！"

艾玛换了套盔甲，将手里的钻石剑换成了弓箭。

茱莉亚和米娅也在弓上架好箭对准骷髅，然而，她们刚消灭一个骷髅，就又有一个骷髅生成了。

"她跑了。"茱莉亚大喊着打败了另一个骷髅，弯腰去捡骷髅掉落的骨头。

"我们别管哈莉了。活命要紧。"米娅努力调整呼吸。她沿着要塞转着圈，一边跑一边攻击骷髅。

"没剩几个了。我们快成功了。"艾玛说。她的箭削弱了骷髅的生命值，很快打败了它们。

茱莉亚跑下楼梯。她不想浪费时间，她必须找到哈莉。

"我看到了一个东西。"米娅大声喊道。

在楼梯尽头，她们发现了一个宽敞的图书馆，里面布满了蜘蛛网，还摆着一排排书架，图书馆中央有两个巨大的木箱。整个图书馆在火把的映照下亮堂堂的。

"她去哪儿了，米娅？我什么都看不到。"茱莉亚扫了一眼图书馆，没瞧见哈莉。

米娅走到图书馆一个昏暗的角落里，说："不知道。她肯定走了。"

"我们必须找到她。"茱莉亚环顾着图书馆说。

"我好像听到有什么动静。"米娅说着，在图书馆里转悠起来，仔细检查着每一个角落。

"动静在哪儿？"茱莉亚跑到米娅身旁。

艾玛指着一个石梯说："我听到下面有声音。"

她们沿着石梯向下走去，突然听到有个人尖叫着说："别来烦我。"那个人打开木门，"砰"的一声把她们关在了外面。

"那是哈莉吗？"茱莉亚问。

"不知道。"艾玛说着跑到关着的门前，飞快地打开了它。

门后也是个宽敞的房间，里面点着火把，还有个稀奇古怪的空牢房。

"这是什么地方？"艾玛盯着牢房说。

"这是我家。"黑暗中传来一个声音。

"你是谁？"米娅问。

没有人回答。茱莉亚循声走去，发现了一个模模糊糊的身影。

第七章
要塞里的男人

"别过来！"那个身影大叫道，不过茱莉亚已经走近了。

"你认识我的朋友哈莉吗？"茱莉亚向那人伸出了手。

"我才不认识什么哈莉！"那个身影大声说道，"哈莉是谁？"

艾玛又从工具包里取出一支火把，点燃后朝茱莉亚走去。在火光的映照下，她们看见一个衣衫褴褛的男人站在要塞一角。一只蠹虫在他腿上爬着。艾玛猛地挥舞钻石剑消灭了那只蠹虫。

"哎哟，"那个男人喊道，"你干吗砍我？"

"你腿上有只蠹虫。"艾玛解释道。

"我宁愿被虫咬，也不愿被剑砍。太疼了。"那个男人说道。

"对不起。"艾玛说。

"您是谁？"茱莉亚问。

"你们为什么想知道？你们在这儿干什么？你们不该待在学校里吗？"衣衫褴褛的男人问。

"我们在找我的室友，"茱莉亚解释道，"我看到她进了学校后面的这个洞穴。"

"'我的世界'学校？"男人盯着天花板说，"我记得那个地方。我曾经是那儿的学生。"

"你是谁？那是什么时候的事呀？"米娅问。

"很久以前了。"男人说。

"您也许能帮帮我们，"艾玛说，"我们的学校似乎遇到了麻烦。有人炸毁了主楼。"

"真的？他们炸毁了主楼？我所有的技能都是在那栋楼里学到的。太可惜了。"他皱起眉头说。

"您在'我的世界'学校学习的哪种技能？"茱莉亚问。

"你们也许不信，我曾经是主世界里最优秀的炼金术士。但我放弃了。"男人回忆道。

"为什么？"米娅问，她补充道，"我也是炼金术士。"

"人们太贪婪了。有个人想把我配制的药水都据为己有，总是从我这儿偷药水。"男人说。

"太糟了。"茱莉亚说。

"不算太糟。我喜欢待在这儿，这里没有人打扰我。"他微微一笑。

"您还在配制药水吗？"米娅问。

男人朝着一个巨大的木箱走去。

"对，我还在配制药水。"他打开箱盖，米娅瞧见箱子里装满了贴着标签的小瓶子。

"您什么都配制得出来！"米娅惊叹道，"您得教教我。您是怎么找到配制这些药水的材料的？"

"我又不是老师，优秀的炼金术士永远不会告诉任何人他的秘密，对吧？"男人的声音显得有些疲惫。

"您叫什么名字？"茱莉亚问。她按捺不住，真想去问问露西、卡特和其他老师，这个住在要塞、远离主世界的人的故事。

"我叫艾伦。"他边说边盖上了箱子。

"我叫茱莉亚。"她随后又介绍了自己的两个朋友。

米娅大声说："我好像听到有什么动静。"

"会不会是哈莉？"艾玛问。

茱莉亚冲着艾伦微微一笑说："非常高兴能见到您，不过我们必须去找我的室友哈莉了。"

"是那个蓝头发、戴花朵发夹的女孩吗？"艾伦问。

"没错儿，您见过她？"茱莉亚问。

"见过，她经常来这儿，但我从来没有和她说过话。"他答道。

"我想知道她为什么来这儿。"艾玛绕着小房间踱步，"她会不会在这里搞什么阴谋？"

"你们觉得是她炸毁的主楼？"艾伦问。

"不知道，所以我们才会跟着她来到这儿。"茱莉亚说。

"我也说不清你们的朋友是不是在干什么见不得人的勾当。我以为她就是把箱子藏在这儿而已。要是你们愿意，我可以带你们去看看我经常遇见她的地方。"艾伦说。

茱莉亚琢磨着该不该相信艾伦。她担心这也许是个圈套，他没准儿和哈莉是一伙的。

她问："您经常在哪儿遇到她？"

"入口处。她不会往洞穴深处走。我只在要塞里见过她一两次。"艾伦说。

"我们必须赶去入口处。"茱莉亚谢过艾伦，然后跟朋友们往入口处走去。

"你们走之前，"艾伦问，"想不想做个交易？我需要食物，我可以用药水和你们交换。"

米娅欢呼道："当然！我特别想要您的药水。"

几个人仔细看了看艾伦工具包里的药水，里面有跳跃药水、幸运药水，还有能够帮她们在水下呼吸的药水、在夜晚视物以及受伤后恢复生命值的药水。三个人用苹果和小麦同艾伦交换，往她们的工具包里塞满了艾伦的药水。

"您为什么不回'我的世界'学校去？"米娅问，"现在换了新校长。我敢打赌，她一定会让您在学校里出售药水，说不定还会让您教课呢！"

"我说过了，我不是什么老师，我也不愿意出售药水。你们给我的食物够我吃上好几个月了，我很知足。我不想和别人一起生活。"艾伦有些愤怒地说。

"明白了。"米娅说。

"谢谢您的药水。"茱莉亚说，"我们必须出发了。我们一定要找到我的室友。"

"祝你们一切顺利。我希望你们能揪出炸毁主楼的家伙。我不愿意看到学校遭到任何破坏。"他微微一笑。

忽然，雷鸣般的隆隆声震颤着要塞。"怎么回事？"茱莉亚的声音有些颤抖。

"不知道。"艾伦盖上箱盖，将药水箱藏在了昏暗的角落里，"不过听上去像是什么东西爆炸了。"

她们三个人走上石梯，穿过图书馆，出了要塞。茱莉亚一转身，惊讶地发现艾伦跟在她们身后。她还以为他打算留在要塞这个安乐窝里，不会和她们一起出来呢。

"哈莉！"茱莉亚大叫一声。她那个蓝头发的室友就站在洞口，茫然地盯着她们。

茱莉亚跑向室友，但哈莉一溜烟跑出了洞穴。茱莉亚取出跳跃药水，一口喝下，准备扑向哈莉，却听到有人在呼救。

艾玛哀号着："救命！"

茱莉亚这才发现自己跳得太远了，竟然把朋友们远远地抛在了后面。她站在洞穴的入口前，回头发现她们此时被苦力怕团团围住了。她必须赶去帮忙，但这样一来，就只能放走哈莉了。

第八章
壁橱里的秘密

茉莉亚盯着苦力怕的黑眼睛，然后她瞥见艾伦洒了一些药水，消灭了几只苦力怕。

艾玛和米娅想赶在苦力怕爆炸之前悄悄溜出洞穴。她们小心翼翼地朝洞口慢慢移动，却发现面前生成了更多的苦力怕。

"我敢打赌，她肯定造了一个苦力怕刷怪箱。"茉莉亚说。

"我们一定要当心。"米娅边说边将药水朝堵在洞口的苦力怕身上洒去。

但就算艾伦也帮忙往苦力怕身上洒药水，那也无济于事——他们寡不敌众。此时，苦力怕挤满了洞穴，他们担心自己根本逃不出去。

"我们动作轻点、走得慢点就行。"艾玛说。她们现在离洞口只有一步之遥。

就在大家以为能成功逃脱的瞬间，苦力怕自爆了，这再次让光线昏暗的小洞穴震颤起来。

茱莉亚在床上重生前看见的最后一幕就是艾伦往苦力怕身上洒药水。

此刻，她看了看哈莉空荡荡的床铺，然后爬下床，瞥了眼哈莉半掩着的壁橱。她琢磨着能不能瞧瞧哈莉的壁橱，找到点线索。

茱莉亚打开宿舍门，上下左右仔细瞅了瞅走廊。她必须确保哈莉不在宿舍附近才行。一关上门，茱莉亚就紧张地朝哈莉的壁橱走去。门微微开着，茱莉亚偷偷看了看里面：在箱子后面的一个角落里放着三块炸药。茱莉亚不知道自己是不是在胡思乱想。她打开门，仔细检查起壁橱来。

她发现哈莉的壁橱里有个装满金条的箱子，箱子后面就是炸药。壁橱深处还有个箱子，但这时茱莉亚听到宿舍里有动静，她一下子跳了起来。

"茉莉亚？"哈莉生气地低声问。

"怎么了？"茉莉亚反问道。她想知道哈莉为什么这么特立独行，为什么总是逃课跑到学校外的洞穴里去。她想知道哈莉在洞穴里藏了些什么。不过她什么都没有说。

"今天早些时候你是不是在洞穴里？"哈莉质问道。但她的声音太小，像被什么东西蒙住了一样。茉莉亚搞不清哈莉到底想问什么。

"是的，"茉莉亚说，"我在找你。我看你离开学校去了洞穴，怕你遇到麻烦。"

"你和你的朋友一起去的？"哈莉追问道。

"对，她们不放心我一个人去。"茉莉亚如实回答。

"你们为什么跟踪我？"哈莉生气地问。

"我们很担心你。"茉莉亚回答说。

"担心我？你的朋友都不认识我。"哈莉每说一句，就向茉莉亚逼近一些。

"是我担心你。她们在帮我找你。我们见你进了树林，非常好奇。"茱莉亚解释说。

"别再好奇什么了。"哈莉冷冷地说。

"好吧。"汗珠从茱莉亚的额头上滑了下来。

"别再找我，离我远点儿。"哈莉距离茱莉亚只有几步远了，所以她说的每个字都很清晰。

"我发誓，我真的只是担心你而已。"茱莉亚为自己辩解。

"别担心我。"哈莉的脸差点儿就贴到茱莉亚的脸上了。茱莉亚都能感到哈莉呼出来的气息。

"好吧，"茱莉亚补充道，"我不喜欢被人威胁。"

"这才不是威胁。"哈莉说完，一溜烟跑出了宿舍。

茱莉亚总算松了口气。她都没留意自己的心刚才一直在怦怦跳，她讨厌和别人闹别扭，她不知道哈莉到底在搞什么鬼。她担心自己，也很担心"我的世界"学校里的其他学生。她必须告诉露西炸药的事，但她记得哈莉去过露西的办公室。茱莉亚琢磨着，露西会不会和这件事有牵连，会不会是哈莉的同伙。

这时，艾玛和米娅走进了茱莉亚的宿舍。

米娅说："真希望艾伦平安无事。"

艾玛发现茱莉亚有些沮丧，问道："怎么了？脸色这么差。"

"我刚刚和哈莉吵架了。她让我别再跟踪她。她还很生气，觉得你们两个不该出现在洞穴里。"茱莉亚一口气说了出来。

"听上去很糟糕。"艾玛说。

"是的。她进来之前，我发现了一个特别不可思议的东西。"茱莉亚深吸口气说。

"你发现什么了？"米娅问。

"她的壁橱里藏了几块炸药，她还有满满一箱子金条。"茱莉亚说道。

"炸药？有多少？"艾玛说。

"只有三块。"茱莉亚回答。

"我还想呢，其他炸药是不是被她用来炸毁主楼了。"米娅说。

"橱柜深处还有个箱子，可我没来得及看里面有什么。"茱莉亚说。

"那我们现在就去看。"艾玛建议道。

"开什么玩笑？怎么看？她才警告过我。她要是进来再撞见我在翻她的壁橱，她一定会气疯的。"一想到哈莉撞见她在翻壁橱，茱莉亚的心就怦怦直跳。

米娅取出一瓶药水，说："她永远都知道不了。我们很快就隐身了。"

"我可不觉得这是什么绝妙的主意。"茱莉亚反驳道。

"错，这就是个好主意，"艾玛断言，"我们得尽量多找些哈莉图谋不轨的证据，才好去找露西，告诉她到底发生了什么。"

"哈莉也许跟露西是同伙呢。还记得我们见到她从露西的办公室里出来吗？"茱莉亚提醒她们道。

"我想我们别无选择。我们必须打开那个箱子，里面没准有重要的线索。"米娅说着，在身上洒了一些隐形药水，走进了哈莉的壁橱。

　　艾玛也往身上洒了一些药水，和米娅一起在哈莉的壁橱里翻找着。

　　"我看到炸药了。"艾玛说。

　　"我马上就到箱子那儿了。"米娅说。

　　茱莉亚站在门口放风。她鼓不起勇气往身上洒药水。幸好她没有，因为此时哈莉推开了门。

第九章
食堂被炸

"**你**回来啦！"茱莉亚提高嗓门儿大喊。她想让艾玛和米娅知道哈莉回来了。

"我壁橱的门怎么开着？"哈莉一边问一边走过去关上了门。

茱莉亚害怕哈莉听到艾玛和米娅在她的壁橱里。好在哈莉关上了门，没出什么岔子，茱莉亚不禁松了口气。

"你怎么了？"哈莉盯着茱莉亚问道，"你没翻我的壁橱吧？"

"没有，"茱莉亚撒谎道，"当然没有。"

"你最好老实交代。"哈莉说。

"我想我们该去上课了。我的课程表上还有亨利的生存技能课，我知道你也要上那节课。"茱莉亚说。

"教室见。"哈莉说着走出了宿舍。

茱莉亚急忙跑过去打开了哈莉的壁橱，药水失效了，她的两个朋友现了形。

"我们必须尽快出去。"茱莉亚说。

米娅拨开脸上的头发说："没错儿，我们必须去上亨利的生存技能课，不过我们现在必须告诉你箱子里装了什么。"

"装了什么？"茱莉亚跟着两个朋友走出宿舍时，心怦怦直跳。她在走廊里左顾右盼，她可不想让哈莉撞见她们几个一起走出宿舍。

"箱子里塞满了附魔书。"艾玛说。

"这一点儿也不奇怪。"茱莉亚说。

"我知道，但我们在箱子后面发现的东西让我们很担心。"米娅说。

"什么东西？"茱莉亚想知道什么东西令她们如此不安。

"箱子后面的墙上有个大洞。"艾玛说。

"里面塞满了炸药。"米娅说。

"她要那么多炸药干什么？"尽管茉莉亚知道朋友们也是一头雾水，但还是问出了口。

"我们必须和学校里的老师说说。"艾玛说。

"我们也许可以告诉卡特。"茉莉亚建议道。

"好主意，"米娅说，"但我们现在必须去上课。我们还处在奥林匹克大赛选拔的考核期，就算选拔时表现出色，但如果我们逃课，也肯定会落选的。"

"可要是我们不阻止哈莉，学校说不定就没了。"茉莉亚大声说。

米娅和艾玛静静地站着。

艾玛说："你说得对。我们必须认真对待这件事。我们学校居然有个窝藏炸药的学生。问题也太严重了。"

"说得对。我们上完生存技能课就去找露西。"米娅说。

"如果我们能活下来的话。"茉莉亚说。

然后，她们几个人急匆匆地跑进了亨利的教室。

亨利正在给大家介绍生存药水的重要性。

"比如，工具包里的药水充足与否关系到你能战胜怪物活下来还是被怪物消灭。"亨利让学生们和上节课的小组成员合作，选择他们认为最重要的生存药水，也就是那瓶少了它就活不了的药水。

艾玛问："我们该用跳跃药水吗？这药水很罕见。我想，我们一定能给亨利留下深刻的印象。"

"我总觉得这个练习并不是为了给老师留下深刻的印象。我们必须选出最重要的生存药水。就算跳跃药水不多见，也的确能给人留下深刻的印象，但我觉得这药水并不是我们每场战斗都需要的。"米娅解释道。米娅可是自称药水专家和炼金术士。

茱莉亚一边心不在焉地听着她俩争辩，一边忙着在班里寻找哈莉。"姑娘们，哈莉好像又逃课了。"茱莉亚小声说。

"太意外了。"艾玛说。

"我们得认真完成这个课题。"米娅提醒她们道。

"砰！"

爆炸的冲击波震颤着整个学校，教室也跟着摇晃起来。亨利让大家保持冷静，"我们必须从教室里撤离出去，但我们要有序地慢慢离开。一旦乱作一团，就有可能发生严重的踩踏事故。"

"我就说我们该去找卡特吧！"茱莉亚说。

"我怎么知道还会有爆炸？"米娅据理力争，"我只想做正确的事，去上课而已。我想在这儿出人头地。"

"都不知道再过几个礼拜，我们的学校还存不存在了。我们才来了两天，就已经有两栋大楼被炸毁了。还有多少栋楼可炸？学校已经岌岌可危了。"茱莉亚说。

"现在不是讨论谁对谁错的时候。我们必须告诉露西我们在哈莉的壁橱里发现了什么。"艾玛说。

大家挤在学校中央观察着大楼的受损情况。茱莉亚盯着食堂，心想，第二栋大楼就这么被毁了。

"食堂。"米娅嘟哝着，"我们该去哪儿吃饭呀？"

"我会想念这里的蛋糕的。"艾玛说。

　　"现在不是开玩笑的时候。"茱莉亚指着远处的露西说，"得告诉她我们的发现。"

　　茱莉亚飞快地向露西跑去，她突然瞧见露西身旁站着一个人，急忙停下了脚步。

　　哈莉在露西的耳畔低语着什么，然后她们两个都直勾勾地盯着茱莉亚。

第十章

谁是肇事者

茱莉亚不知所措。她站在校园中央，迎接着露西和哈莉的目光。她寻思着她们俩会不会是同伙。这时，米娅和艾玛来到了茱莉亚身旁。

"怎么了？"米娅问。

"快看。"茱莉亚冲着哈莉和露西点了下头，然后小声说，"我觉得我们的麻烦比想象的要大得多。"

"你必须和露西谈谈。就算她是坏蛋，你也必须和她当面对质才行。"艾玛说。

茱莉亚明白，除非当面质问露西，否则根本得不到答案。就在这时，她无意中听到了亨利和另外一位老师的聊天内容。

"太不可思议了，居然有人炸毁了食堂。这么做根本毫无意义呀。为什么有人想摧毁学校？"亨利说。

茱莉亚插嘴道："您该去问问您的朋友露西。"

"你说什么？"亨利非常难过，他说，"露西和这事一点儿关系都没有。"

"她现在和我的室友哈莉站在一起。而我们在哈莉的壁橱里发现了大量的炸药。"茱莉亚解释道。

"这件事你必须告诉露西。"亨利说。

"可假如她是哈莉的同伙怎么办？"艾玛说。

"我了解露西，我敢担保，她肯定和哈莉不是一路人。"亨利声称。

这时，一声响雷吓了他们一跳。眨眼间，大雨倾盆而下，僵尸在食堂坍塌的瓦砾附近生成了。

"奇怪。这是两天之内下的第二场雨了。"亨利说着，披上盔甲，紧紧地握着剑。

茱莉亚、米娅和艾玛也穿上盔甲，拿出了剑。茱莉亚没有注意到此时有几个僵尸正向她们缓缓逼近。她的视线怎么也离不开露西和哈莉。她想瞧瞧她俩到底是留下来对付这些僵尸，还是赶回宿舍从哈莉的壁橱里取出炸药。

露西紧紧地抓着弓箭，对准了僵尸，但哈莉不见了。茱莉亚趁着这个空当跑向露西。她跃过湿漉漉的草坪，挥剑消灭了拦路的两个僵尸，来到露西身边。

"茱莉亚。"露西上气不接下气地说，"真是场恶战。你怎么不和亨利待在一起？他可是战斗专家。他知道怎样才能在这种情况下活命。"

"我必须和您说说哈莉的事。"茱莉亚说话的工夫，三个僵尸将她们团团围住了。

露西将弓箭换成钻石剑，砍中了其中一个怪物，一鼓作气消灭了它。茱莉亚笨手笨脚地挥剑刺杀余下的僵尸，直到消灭了它们才拔出剑来。正当更多的僵尸即将生成时，太阳恰好冒了出来，僵尸一下子消失不见了。

"我们安全了。"露西舒了口气。

"不，我们没有。"茱莉亚说。

"你在说什么呢，茱莉亚？是你在破坏我们的学校吗？你的室友哈莉找过我两次。她很担心你的所作所为，觉得你很可能和这几次袭击有关。"露西困惑地说。

茱莉亚倒吸了一口冷气，惊讶地说："您相信她的话？"

艾玛、米娅和亨利向茱莉亚冲来，正好听到露西说："是的。哈莉怀疑你。她希望我让卡特和其他老师都多留意你。她说你跟踪了她，还翻过她的东西。"

"我们的确翻过她的壁橱，"艾玛坦言道，"我们还发现了大量的炸药。"

"什么？"露西吃了一惊。

"没错儿，我们还发现了一箱金条。我不知道是不是有人雇用了她，但我们总觉得她很可疑。"茱莉亚说。

"现在每个人都有嫌疑。"露西说。

亨利说："露西，我想我们该找哈莉谈谈。"

"我觉得也是，但在没有确凿的证据之前，我不会责怪任何一个学生。我希望有人能坦白自己的所作所为。"露西说。

卡特急匆匆地跑过来说："我刚刚看到一个学生拿着炸药，我想阻止她，但她往身上洒了隐身药水就不见了。"

"是哈莉吗？"露西问。

"您怎么知道？"卡特说。

露西解释的时候，又一阵爆炸声响彻学校。

"怎么回事？"卡特问。

"烟好像是从礼堂那边飘过来的。"亨利说。

他们几个人朝着浓烟飘出来的方向冲去。露西看着茱莉亚说："对不起，我没有相信你。"

"我们必须阻止她。"茱莉亚说。

大家都想阻止哈莉，却遇到了一个大麻烦：浓烟散去，他们在学校里怎么也找不到哈莉了——哈莉从"我的世界"学校里消失得无影无踪。

茱莉亚走回空荡荡的宿舍里，发现哈莉把自己的东西都拿走了。就连装炸药的壁橱里也空无一物。茱莉亚希望哈莉就此罢手，学校从此恢复平静。

露西在大草坪上召开紧急会议。这一次，草坪上没有讲台，就连会议地点都是随便挑选的，但要宣布的事情相当重要。

露西说："我很难过地宣布，我们本周的课程全部取消。大家必须全部参与重建主楼、食堂和大礼堂。"

茱莉亚喜欢重建的任务，可一想到学校重建好之前都上不了课，她就很难过。

米娅站在茱莉亚身旁，问："我能问一个关于奥林匹克大赛的问题吗？"

"不，现在不是提问的时候。"茱莉亚说。

艾玛附和道："我们有更重要的事情要做。"

"至少哈莉走了。也许这意味着一切就要恢复正常了。"米娅说。

紧急会议一结束，露西就走到茱莉亚、艾玛和米娅身边说："我必须和你们几个谈谈。"

"我愿意帮忙重建学校。"茱莉亚说。

"很好，但是你有其他任务了。"露西说道。

"什么任务？"茱莉亚惊讶地问。

"我知道哈莉在丛林里的藏身之处，我想让你去找她，并把她带回来。"

"就我自己？"茱莉亚问。

"不，你可以和你的朋友米娅、艾玛一起去。"露西答道。

米娅建议道："我们走之前应该去找下艾伦，带足药水。"

"艾伦？"露西问。

"他是个老头儿，就住在学校附近的一个要塞里。"米娅解释道。

"我们找哈莉的时候见过他。"茱莉亚说。

"我很久没听到这个名字了。学校里曾经有个学生叫艾伦。我们俩当时是同学，但他失踪有几年了。"露西说。

"我想我们说的很有可能是同一个人。他说他曾经在这儿上过学。"茱莉亚说。

"我觉得你们走之前，我们该一起去见见他。"露西说。

随后她们三个人和露西一起走进了浓密的树林

里——她们要去找艾伦。

"就是这儿。"艾玛说。但洞穴不见了。

"洞穴的入口在哪儿？"茱莉亚问。

"肯定是这儿。"米娅说。

"太奇怪了。"茱莉亚说。

这时，一个声音从远处传来，问道："你们是在找我吗？"

第十一章
遭遇女巫

"艾伦。"露西高兴地喊道。

"你好啊，老朋友！"艾伦说。

"我们需要药水。"米娅说。

"我们来这儿也不只是为了药水，"露西说，"我们需要你的帮忙。我希望你能和茱莉亚、米娅、艾玛一起去趟丛林。"

"丛林？"艾伦耸了耸肩说，"我这把老骨头去不了丛林了。我探险的日子早就到头了。"

"你绝对有能力帮忙，我知道你能行。"露西说。

艾伦的脸泛起红晕，说："你总是这么会说话。"

米娅接着说："如果你的生命值不足，喝点儿力量药水就行了。我始终觉得，有能力把配制药水需要的材料都搜集全的人一定很厉害。"

露西微微一笑说："我相信她们肯定会好好照顾你的，艾伦。这对我和'我的世界'学校来说都十分重要。我也和你们一起去。我们必须尽快找到哈莉。"

"哇！"艾伦欢呼道，"你也去？"

"是的。"露西回答道，"我会安排一名老师，也就是卡特，来暂管学校。"

茱莉亚抬头望了望天空，发现天快黑了。

"我们应该马上动身，我们可不能在晚上赶路。"茱莉亚说。

露西从工具包里取出地图，指了指哈莉在丛林里的家说："她住在丛林神殿旁的一个小村庄里。"

很快，他们四个人跟着露西穿过树林，向丛林进发。穿过草地和森林群系后，露西建议大家在沼泽外的草地上建个房子，休息一下。茱莉亚不大习惯用木头建房子，她以前都是用雪建房子的。"这下容易多了。"茱莉亚说着将木头放在地上，几分钟就搭好了房子的框架。

"你真棒！"露西说。

"谢谢。"茱莉亚回答道。

这时，只听见米娅惊叫一声，茱莉亚急忙丢下手里的木头。

"米娅？"艾玛尖叫道。

"救命，"米娅大喊，"快救救我！"

茱莉亚奔向声音传来的地方，看见米娅正在和女巫激战。穿紫色长袍的女巫手里抓着一瓶药水，距离惊恐万分的米娅只有几步远了。

"快洒药水，"艾伦大喊，"你能行的。"

茱莉亚从来没有见过女巫。女巫比她想象的要可怕多了。她想帮朋友，但又害怕女巫转过头来对付她。茱莉亚迅速抓起弓箭，对准女巫，一箭射中了女巫的腿。这下可惹恼了女巫，只见她拿着药水猛地扑向米娅，将药水洒在米娅身上，削弱了米娅的生命值。

艾伦冲向女巫，迅速将混合药水洒在恶毒的女巫身上，女巫的行动明显放缓。"放箭！"艾伦一边给其他人下达指令，一边跑向米娅，给了她一瓶治疗药水。

米娅喝下药水，然后对艾伦说："谢谢。我感觉好多了。"随后她躲闪着箭，挥舞着手中的金剑砍中女巫，干掉了这个戴黑帽子的怪物。

"我们必须尽快建完房子才行。"露西盯着夜空中一轮大大的满月说。这时，一只蝙蝠从他们头顶上飞了过去。"我们的动作一定要快。我不希望再卷入什么战斗。"

茱莉亚安装窗户时，忽然听到了一种奇怪的声音。"你们听到了吗？好像有什么东西跳过来了。"

"嘘。"露西说，"茱莉亚，停一下。"

"我也听到了。"艾伦说。

"史莱姆！"米娅大叫。

六个绿色方块一蹦一跳地向他们逼近。艾玛第一次用钻石剑对付史莱姆，可她并没有一剑将这些怪物全部消灭掉。史莱姆分裂成了小块。其他几个人围着小史莱姆，挥剑战斗。

茱莉亚对付史莱姆时，总觉得背后有人，她以为是自己的朋友，就只顾着对付史莱姆，没有回头。她将剑深深地插入绿色的史莱姆的体内时，忽然感到十分疲惫，她似乎只能缓慢移动了。

艾玛倒吸了一口冷气，攥着钻石剑向茱莉亚跑来。

"求你了，别伤害我。"茱莉亚大喊。但她的声音很小，小到几乎听不到。她搞不懂她的好朋友艾玛为什么要攻击她。这时，她听到艾伦说起女巫，才恍然大悟，原来站在她背后的人是女巫，要不是朋友赶来帮忙，她就死定了。茱莉亚没有力气从工具包里取出药水，也没有力气挥剑对付女巫。她就那样呆呆地站在再次重生的女巫面前，感到非常无助。

艾玛冲到女巫面前，挥舞钻石剑刺中女巫，然而女巫不屑地喝了瓶药水，瞬间恢复了生命值。茱莉亚想从女巫身旁逃走，但她动弹不得。艾玛再次刺中女巫，可说时迟那时快，女巫又将一瓶药水洒在了茱莉亚身上。艾玛消灭了女巫，却没能救下茱莉亚的性命。

没过多久，茱莉亚就在"我的世界"学校里重生了。她小心翼翼地盯着地平线，天空暗得令人毛骨悚然。忽然，一个有三颗脑袋的影子出现在学校大楼的后面。茱莉亚突然意识到，她也许没法再活着回到朋友们身边了。

第十二章
基岩陷阱

大家终于在沼泽边的木屋里见到了茱莉亚，不禁松了口气，而且激动不已。

"你还好吧？"艾玛问，"别担心。我们消灭了女巫，还加固了房子，让它变得更安全了。我们还给所有人搭好了床。"

茱莉亚面色苍白，火红的头发在雪白的肌肤的映衬下更加闪亮。她叹了口气，说："我们现在必须赶回'我的世界'学校去。"

"什么？我们不能回去！"露西抗议道，"那儿怎么了？大家还好吗？"

一连串的问题搞得茱莉亚不知该如何开口。她嘴里只蹦出一个词来——凋灵。

"凋灵？凋灵在攻击学校？"露西问。

茉莉亚点了点头。

"她好像很虚弱。"艾伦走到茉莉亚身边，递给她一瓶药水，帮她恢复生命值。

茉莉亚抿了几小口药水，觉得恢复了一些力气，便开口说道："它就在校园中央，向四处发射熊熊燃烧的凋灵之首。我从来没亲眼见过这种怪物，只听人说起过凋灵和末影龙，但这次近距离看到它们时，感觉真的很可怕。"茉莉亚一边描述着凋灵的样子，一边簌簌地掉着眼泪。

露西在小屋里踱来踱去，"太糟啦！我们必须立刻把自己传送回去。"

"首先，我们必须穿上盔甲。"艾玛提醒大家，"我和凋灵交过很多次手，知道它相当狡猾。所以我们不能就这么回去，傻乎乎地和这么厉害的怪物作战。我们必须想个万全之策。"

"我们该怎么办呀？"茉莉亚问艾玛，"你打败过凋灵，一定知道该怎么办。"

"我们要设个陷阱。这方面你能帮上大忙，茱莉亚。我们一回学校，我就带大家对付凋灵。你快速建好能困住凋灵的基岩陷阱，然后我们就把凋灵引过去。大家明白了吗？"艾玛问。

"明白。"露西替大家回答着，命令所有人开始自我传送。

他们完成传送后，发现自己刚好落在了战场的正中央。三颗燃烧的凋灵之首向他们袭来，他们急忙弯腰躲开了。

"闪开！"艾玛大喊着跑向凋灵，一箭射中了这个怪物。怪物被激怒了，它还没被箭射中过。凋灵的三颗脑袋盯着艾玛，向她发射出凋灵之首。艾玛飞快地跑着躲避凋灵之首，险些被火烧死。米娅、艾伦和露西冲向艾玛，他们举箭对准凋灵，同时射中了这个怪物的不同部位。

"它变虚弱啦！"米娅欢呼道。

"我们必须把凋灵引到茱莉亚建的基岩陷阱那儿去。"艾玛用最后一点力气说。

艾伦递给艾玛一瓶力量药水，说："快喝，战士。喝了就会好起来的。"

艾玛抿了口药水，四下张望，寻找茉莉亚的身影。她想知道该把这个会飞的怪物引到哪个方向去，它把"我的世界"学校的学生和老师害惨了。

茉莉亚正奋力建造基岩陷阱。忽然，她有点慌了，因为工具包里的基岩不够用了。这时，一个熟悉的声音冲她喊道："你在干什么？这种时候你还有心情建基岩？"

茉莉亚抬起头，看见布拉德向她跑来，便说："我必须这么做。我们得把涸灵困在这儿。眼下唯一的问题是，我工具包里的基岩不够用了。"

布拉德从自己的工具包里取出基岩，说："我来帮你。"然后，他便和茉莉亚一起建基岩陷阱。

"我们必须让艾玛知道我们建好陷阱了。她把涸灵引过来后，我们才能把它困住。还有，我们必须让陷阱顶部敞着，让涸灵进来。只要涸灵一进来，我们就将陷阱封起来。"茉莉亚告诉布拉德说。

"好像没那么容易呀。"布拉德盯着基岩陷阱和远处空中飞来飞去的巨大凋灵说，"大家已经和凋灵打了一个晚上了，我觉得想把它困住绝非易事。"

"我知道，但我们必须试一试。"茱莉亚说，"跟我来。我们去找艾玛她们。"

茱莉亚和布拉德飞快地穿过校园，一路躲闪着掉落在大草坪上的凋灵之首。艾玛她们正躲在树后攻击凋灵。茱莉亚和布拉德眼看就要赶到朋友们身边时，茱莉亚却看见哈莉从自己身旁冲了过去，不禁吃了一惊。

"那是哈莉！"茱莉亚大喊。

"那又怎样？"布拉德不明白这有什么好大惊小怪的。

"她回来啦。"茱莉亚朝着艾玛冲去。

艾玛大声问："建好了吗？"

"好了。"布拉德回答，"剩下的材料刚好够建基岩的顶部。"

"太好啦。"艾玛喊着，"我们这就把怪物引过去。你们必须帮帮忙。"

茱莉亚更换盔甲时，说道："哈莉回来了。我刚刚在学校里见到她了。"

"什么？"露西吃了一惊。

"没错儿，"茱莉亚强调，"绝对是她。"

凋灵飞近了些，就在凋灵发射燃烧的凋灵之首，险些击中他们之时，艾伦将药水洒在了这个怪物身上。

"这儿不安全了。"艾玛说，"我们必须反击，把凋灵引到基岩陷阱去。"

他们飞快地冲向基岩陷阱，凋灵紧紧跟在他们身后，不断发射熊熊燃烧的凋灵之首。

"我们就快到了！"茱莉亚大声喊道。

他们一边射箭，一边将怪物引向基岩陷阱，累得精疲力竭。

"我们能把它弄进去吗？"米娅问。

"我们让陷阱顶部敞开着，可以让凋灵从那儿进去。凋灵进去后，我和布拉德就把顶部封好，困住它。"茱莉亚说。

凋灵射出燃烧的凋灵之首，击中了艾伦。他的生命值迅速下降。凋灵一鼓作气，又射出凋灵之首，击中了艾伦。

"艾伦！"露西大喊。

"我猜他会在要塞重生。"艾玛说。

另一颗凋灵之首击中了露西，她也不见了。艾玛开始有些担心他们人手不够，困不住凋灵。

艾玛和米娅将凋灵引到了基岩陷阱里。茱莉亚和布拉德冲着凋灵射出了最后一箭，然后用尽全力封住了陷阱，困住了凋灵。就在茱莉亚将最后一块基岩搭到陷阱顶上时，凋灵再次射出了一串凋灵之首，其中两个落在了茱莉亚身上，一下子消灭了她。

茱莉亚刚一醒，就想冲到楼下去，帮布拉德搭好最后一块基岩，但她动弹不得。她爬下床，不禁倒吸了一口冷气——哈莉站得高高的，挥舞着钻石剑，对准了她的脸。茱莉亚低头一看，她的床边摆满了炸药。她抬头望着哈莉，愤怒地问："你为什么要这么做？"

第十三章

被困地牢

"不许动！"哈莉威胁道。

"可是——"茱莉亚还没来得及说话，哈莉就挥舞着钻石剑刺中了她。

"你动了。"哈莉尖叫道，"告诉过你不要动！"

"你想让我干什么？"茱莉亚大声问。

"跟我来。我们去见见你的好朋友们。"哈莉哈哈大笑。

"你把我的朋友们怎么样了？"茱莉亚很担心她们。她不知道这是哈莉一个人搞的鬼，还是有什么人在帮她。"现在就告诉我！"茱莉亚急迫地说。

"跟我来。"哈莉用剑抵着茱莉亚的胸口，命令道。

"我们去哪儿？凋灵怎么样了？我的朋友们在哪儿？"茱莉亚问道。

"你的问题还真多。"哈莉轻轻笑着，"我可以回答你，但我懒得搭理你。你很快就会知道。"

茱莉亚跟着哈莉走出宿舍，然后下了楼。天亮了，凋灵不见了。学校里空荡荡的，一个学生也没有。

"同学们呢？"茱莉亚问。

"别问啦。"哈莉不耐烦地说。

茱莉亚乖乖地跟着哈莉，走进了茂密的树林。茱莉亚想在密林的小路上甩掉哈莉，可哈莉看得太紧了。她一边走一边用剑抵着茱莉亚，茱莉亚知道自己插翅难逃。哈莉轻声告诉茱莉亚前进的方向，还说如果茱莉亚胆敢走错，她就将剑在茱莉亚的后背上刺深一些。

"你在消耗我的生命值。"茱莉亚警告哈莉，"你如果一直用剑刺着我的后背，我最后肯定会在床上重生。"

茱莉亚刚说完就有些后悔和哈莉提起这事，她发现这的确是个逃跑的法子。不过，她又想找到朋友们。她要是在床上重生，也许能保住自己的命，但那样的话就可能见不到朋友们了。

她们穿过沼泽，经过之前建造的小屋。长这么大，茱莉亚还是第一次盼着女巫来攻击她，好打败哈莉。然而，她们安全地穿过了沼泽群系。外面阳光明媚，怪物根本就无法生成。茱莉亚想知道夜幕何时降临，因为她们似乎永远也走不到朋友那里。茱莉亚很多次都想问哈莉她们到底要去哪儿，却没开口，因为她知道她得不到任何回答。她们似乎就要这么无休无止地走下去了。

突然，茱莉亚看见远处有座神殿。此时，哈莉在她耳边轻声说："我们去丛林神殿。"茱莉亚记得露西说起过哈莉住在丛林神殿旁的一个村庄里，这才意识到，哈莉肯定对这种生物群系了如指掌。茱莉亚很不情愿地跟着哈莉踏进了丛林神殿。

"我们要下楼。"哈莉命令道。

茱莉亚跟着哈莉下了楼，这时，她看见有红眼睛正盯着她，不禁向后退缩了一下。茱莉亚还没来得及尖叫，哈莉就已经挥剑刺中了洞穴蜘蛛，一下子消灭了它。

"这儿就是你的新家。"哈莉指着一处地牢说。

茱莉亚烦透了被困住的感觉。有一次，一个破坏者用雪堵住了她雪屋的门，她怎么也出不去。她花了两天时间疯狂地挖洞才得以脱身。茱莉亚看着地牢，叹了口气，她正琢磨着怎么才能逃出去，突然听到有人喊她的名字。那声音听起来很熟悉。

"布拉德？"她向里面望望，看见布拉德、米娅、亨利和露西就待在地牢里。

哈莉打开牢门，把茱莉亚推了进去。

"祝你们好运，伙计们。如果你们能逃出去，就会伤心地发现'我的世界'学校已经消失不见了。我要在上面建造我自己的学校，把学生都培养成恶棍。"哈莉在身上洒了些药水后就不见了。

茱莉亚扫了眼光线昏暗的小牢房，发现少了两个人。"艾玛和艾伦呢？"她问道。

露西解释道："我们困住凋灵以后，你却被消灭了。"

"是啊，我连最后一块基岩都没搭上，就被消灭了。"茱莉亚跟着说道。

听到茱莉亚这么说，露西似乎有些恼火，只见她在地牢里踱来踱去，继续说："我们一抓住凋灵，哈莉就在我们身上洒了虚弱药水。她说如果我们不跟她走，她就引爆布置在学校周围的炸药，炸毁'我的世界'学校里的所有建筑。没办法，我们只能一路跟着她来到了这儿，艾玛想办法逃走了，艾伦根本没在学校里重生，所以才逃过一劫。真希望他们能来救我们，或者能救下'我的世界'学校。"

"她为什么要炸毁学校？"茱莉亚问。

布拉德说："你听到她说的话了吧。她想把那儿变成恶棍的制造营。"

"我知道，可我怎么也想不通。"茱莉亚思索着，必须想办法带大家逃出去。

"我们必须逃出去。"米娅说。

亨利瞧了一眼工具包，说："我想到办法了。"

"真的吗？你真能带我们逃出去？"露西问。

"是的。"亨利微笑着。

"我也有个主意。"茱莉亚宣布。

"太好啦，"布拉德说，"说来听听。"

第十四章
矿井遇险

"你先说。"亨利微微一笑，"我喜欢向学生们学习。"

"可您才是生存方面的专家呀！"茱莉亚说。

"现在可不是讨论谁先说的时候。"露西说，"茱莉亚，说说你的办法。"

"我们可以叫哈莉下来打开牢门。她一打开牢门，我们大家就向她身上洒药水，消灭她。"

"你觉得她会下来？"米娅问。

"有一个办法可以试试。"茱莉亚说罢，开始用一种特别刺耳的声音大喊大叫，那声音大得似乎整个主世界的人都能听得一清二楚。

大家都捂上了耳朵。他们还从来没有听过如此刺耳的尖叫声，但这尖叫声中并没有呼救的意思。假如这发了霉的丛林地牢里有一个玻璃杯或玻璃瓶，一定会被茱莉亚的叫声震碎的。

哈莉走下楼梯，询问："什么声音？"

茱莉亚仍然在大喊大叫。

"你到底是怎么回事，茱莉亚？别喊啦！"哈莉命令道。但茱莉亚并没有停，她只是偶尔喘口气。哈莉打开牢门走进来，打算挥剑刺茱莉亚，可茱莉亚还是拼命地大喊大叫。

这时，亨利、露西、布拉德和米娅一起扑向哈莉。他们挥剑刺向她，还将药水洒在她身上，直到她消失不见才住手。

"我们赶快出去。"露西说道。几个人冲上楼梯，离开了丛林。他们返回学校的路上经过了一个矿井，听到里面传来巨大的嘈杂声。

茱莉亚停在矿井旁，露西大喊："别停下，茱莉亚！我们必须尽快赶路！"

"听着像是有人被困在矿井里了。我们得去看看。"茱莉亚说。

"不行。我们必须尽快赶回'我的世界'学校去。"露西说。

茱莉亚不愿干等着，情急之下独自跳进了矿井。她没有回头看有谁跟她进了矿井，而是一门心思朝喊声跑去。

"茱莉亚！"艾伦大喊。

茱莉亚被眼前的场景吓了一跳，她看见艾玛和艾伦正在和哈莉激战。她急忙从工具包中取出剑，准备扑向哈莉。恰在此时，她感觉有几支箭从自己身旁飞了过去。茱莉亚一转身，发现露西、亨利、布拉德和米娅都举着弓箭对准哈莉，再一次消灭了她。

"还好你们来了，"艾伦深吸一口气，说道，"哈莉在这里设下了陷阱。"

不一会儿，哈莉在他们面前重生了。"现在，你们谁都别想出去。"

"就凭你？"亨利举起弓箭对准她，反问道。

哈莉微微一笑说："我在学校周围布满了炸药。

你们胆敢出去，我就引爆它们，把学校炸飞。"

露西第一个射箭，击中了哈莉。哈莉一时目瞪口呆。露西大声说："你以为你这么说，我们就不敢攻击你了？"露西让艾伦和亨利先回学校，她说，"我想知道她说的是不是实话。如果是，请你们拆除炸药。"

还没等艾伦和亨利把自己传送回学校，哈莉就慌慌张张地建了扇通往下界的传送门，消失在一片紫色的雾气当中。茱莉亚看了一眼慢慢消失的传送门，毫不犹豫地跟在哈莉身后跳了进去。她转头瞧见艾玛在她身旁，不禁松了口气：她可不愿意一个人和哈莉待在下界。她从没到过下界，但她知道艾玛是在下界生存的高手。

"滚出去！"哈莉挨着她们站在传送门上，冲她们大喊大叫。可她们还没来得及说句话，就被传送门丢在了下界腹地。这时，一群恶魂向她们飞来。茱莉亚的心脏都要跳出胸膛了，她看见白色的方块怪物向她们发射出火球。

"放箭！"艾玛喊道。眼看火球快要落在茱莉亚脚边了，艾玛急忙又大叫一声，"闪开！"

"她跑了！"茱莉亚大喊。

"别担心，我们会找到她的。现在我们必须消灭这些恶魂，否则它们会一直跟着我们。"

一只恶魂在空中飞舞着，嘴里喷吐着火焰。艾玛的箭射中了它，它一下子就不见了踪迹。接着，艾玛又射中了另一只恶魂，消灭了它。艾玛让茱莉亚去捡掉落的恶魂之泪。就在茱莉亚弯腰捡恶魂之泪的工夫，艾玛干掉了最后一只恶魂，大声叫道："我看到下界要塞了。"

"哈莉会不会在要塞里？"茱莉亚问。

"她似乎只能藏在那儿。况且里面还有奇珍异宝，她肯定想得到那些东西。"艾玛说。

茱莉亚远远地瞧着宏伟的下界要塞。尽管她能看真切，但她明白，想进去可不容易。当她盯着岩浆瀑布发呆时，一个目光呆滞的僵尸猪人从她们身旁走了过去。

　　"别理这些僵尸猪人。"艾玛提醒道。茱莉亚明白，想在下界生存，要学的规矩多着呢。但她什么都不懂，太被动了。茱莉亚沿着岩浆流小心翼翼地向要塞走去，她希望自己千万别惹什么麻烦。

第十五章
下界激战

"**我**看到她啦！"艾玛指着远处的一个人影说。

"你确定是她？"茱莉亚问，"我怎么觉得那个人的头发不是蓝色的呀。"

"没错儿，"艾玛说着飞快地向要塞跑去，"我敢保证就是她。"

这时，在要塞的台阶上，两个烈焰人从地面飞到了空中。它们一边向高处飞，一边向艾玛她们发射火球。

"用拳头。"艾玛告诉茱莉亚。

"什么？"茱莉亚没听清艾玛说了些什么，但她认为，艾玛肯定不会让她用拳头去打火球的。她难道不会被烧伤吗？这样对付烈焰人不是太危险了吗？茱莉亚盯着艾玛，可艾玛没有时间多解释什么。只见她一拳打在火球上，火球被反弹了回去，砸在烈焰人身上，瞬间消灭了它。茱莉亚心想，赤手空拳就能对付烈焰人，还不用担心被烧伤，这也太棒啦！

这时，一个火球朝茱莉亚飞来，她伸出拳头犹豫了一下，担心会被火焰灼伤。但她还是鼓起勇气，猛地用拳头打在火球上，火球被反弹到烈焰人身上，瞬间摧毁了它。

她们干掉了两个烈焰人，继续向下界要塞赶去，却被几个小心翼翼守卫着要塞的烈焰人挡在了门口。它们向艾玛和茱莉亚发射火球，想尽快摧毁她们。

"哈莉是怎么一个人进去的？"茱莉亚喘着粗气，刚躲过一个火球，就又准备躲避下一个火球。

烈焰人飞低了些，艾玛挥剑消灭了它们。艾玛对着茱莉亚大喊大叫，似乎是想让茱莉亚捡起掉落的东西。

"什么？"茱莉亚问。

　　"烈焰棒，"艾玛说，"捡起来！这些掉落的东西是艾伦和米娅不可多得的宝贝。用它们能配制出威力无穷的药水。"艾玛补充道，"你得帮帮我，茱莉亚。你不能这么被动。你是建造者不假，但这并不意味着你就不能学习其他技能了。"

　　茱莉亚有些生气地说："你真让我伤心。"她说着便迈开步子走进广阔的下界要塞。

　　"我并不想伤你的心。我只是想让你尽快适应下界的生活，尽快应对自如。下界生物十分危险，你得付出很多努力才能活下来。我知道你有自己的过人之处，但你刚才的确很害怕，仅此而已。别生气啦！"艾玛说。

　　"好吧。"茱莉亚答道。她不愿过多地争辩。她正忙着熟悉下界要塞的每一寸土地。下界和茱莉亚的家乡——冰原群系截然不同。她生活的地方到处覆盖着冰雪，异常寒冷，而在下界，她非常担心自己一不小心就会碰到什么东西灼伤自己。茱莉亚停在楼梯上，指着楼梯旁长出的一丛深红色的植物，问道：

"这是什么？"

"地狱疣。我们该摘一点儿，可以用它喂鸡，还可以配制药水。不过动作要快点儿，我们可没时间在下界要塞或是其他什么地方转悠了。我们必须尽快去阻止哈莉。"

忽然，要塞中响起一个隆隆的声音："你们要阻止我，那就来对地方啦。"

正在摘地狱疣的茉莉亚停了下来，一把抓起弓箭，对准站在她们面前的哈莉。"我们会阻止你的，哈莉。"茉莉亚斩钉截铁地说。

"怎么阻止？就凭几支箭？"哈莉说着，从工具包里拿出药水抿了一口。"我现在很强大。就算你能打倒我，也杀不死我。"

"你为什么要这么做？"茉莉亚一边问，一边向哈莉射出一箭。哈莉灵巧地躲开了箭，从工具包里取出钻石剑一跃而起，向茉莉亚刺去。

"做坏蛋多有意思！"哈莉微笑着将剑深深地刺入茉莉亚没有盔甲保护的胳膊。

"哎呀！"茉莉亚大喊道。左臂上的疼痛迅速传遍全身，她一下子丢掉了右手攥着的箭。

"做坏蛋就那么好吗？"一个声音喊道。

哈莉吓了一跳，转身看见露西挥着剑站在自己面前。露西又问哈莉："这么说，你不是单枪匹马喽，对吧？"

"什么？"艾玛问，"她的同伙是谁？"

哈莉挥剑刺向露西。"我会赢的！"哈莉尖叫着，用另一只手取出一瓶药水，洒在了艾玛和茉莉亚身上，让她们俩一时动弹不得。

"救命——"艾玛刚喊出来，哈莉就挥舞着钻石剑跳到了她面前。

茉莉亚拼尽全力和哈莉厮杀，才救下艾玛。艾玛抓起一瓶药水，迅速喝了一口，慢慢恢复了生命值，她又能挥剑对付哈莉了。

这时，卡特出现在要塞中央。茉莉亚大叫："卡特！快来帮我们对付哈莉。"

"她才不会帮你，"露西一边大喊，一边挥舞着钻石剑砍向卡特，"她和哈莉是一伙的。"

"为什么？"茱莉亚又问道，但没有人回答她。卡特很快就被露西消灭了。

艾玛和茱莉亚挥剑刺向哈莉，这有力的一击要了哈莉的命。

"我们安全了。"茱莉亚松了口气。

"不，我们并不安全，"艾玛捂着被剑刺伤的胳膊，"有凋灵骷髅，茱莉亚。"她认出了这种怪物。

"我们该怎么办？"茱莉亚大叫。

"我做给你看。"露西挥舞钻石剑刺向呆头呆脑的怪物，击退了它。

茱莉亚还没来得及动一下，就被另一个凋灵骷髅刺中了。艾玛见状大喊："快喝点儿牛奶！"

茱莉亚此时非常虚弱，她从工具包取出牛奶，喝了一口。牛奶帮她恢复了生命值，接着她一下子把凋灵骷髅撞倒在下界要塞的墙壁上。艾玛跑过去，挥舞钻石剑砍向虚弱的凋灵骷髅，消灭了它。她捡起掉落的煤炭，递给茱莉亚，说："这是你应得的。"

　　这时，走廊里传来一阵古怪的声音。茱莉亚转过身，害怕地尖叫起来。这声音虽然没有她在丛林地牢里的叫声响亮，却十分强劲刺耳。

　　"是岩浆怪。"露西倒吸一口冷气说，"我们没时间再和这些怪物纠缠了，我们必须赶回学校去。我担心哈莉和卡特现在已经把'我的世界'学校夷为平地了。"

　　这时，两个声音一齐喊道："别担心！我们会帮忙的！"

　　随后她们三个人就瞧见了米娅和布拉德。他们出现在下界要塞的中央，用尽全力攻击岩浆怪。茱莉亚真希望他们很快就能离开下界。

第十六章
日落时的惊喜

正当米娅和布拉德将剑插入岩浆怪体内时，有两个烈焰人从他们头顶掠过。

"我们必须离开这儿，"露西警告道，"我们晚回学校一分钟，学校就多一分危险。我们必须阻止哈莉和卡特。"

茱莉亚闭上眼睛，将剑刺入最后一个凋灵骷髅体内。就算紧闭双眼打斗是最糟糕的作战策略，她也还是无法直面这邪恶的怪物，她害怕极了。凋灵骷髅一下子栽倒在地，艾玛看见后迅速跑到茱莉亚身旁，消灭了它。

"睁开眼吧，茱莉亚。战斗结束了。"艾玛说道。

茱莉亚睁开眼睛，只听露西大喊起来："大家快出去！我们必须建好传送门，回学校去。"

布拉德和米娅仍在和岩浆怪作战，茱莉亚从工具包里取出黑曜石，跟着露西走出了下界要塞。"大家都到齐了吗？"露西准备点燃传送门时大声问道。

"没有，"茱莉亚答道，"米娅和布拉德还在和岩浆怪作战。"

布拉德大喊："我们来了！我们消灭了那些讨厌的方块怪物。"

米娅上气不接下气地说："真是场恶战。"

"我们必须回学校去。"露西确定所有人都挤进了小小的传送门后，点燃了传送门。

紫色的雾气将他们团团围住。在回学校的路上，茱莉亚取出力量药水。她明白，她只有足够强大，才能打败那两个破坏学校的坏蛋。

传送门把他们丢在了校园里的大草坪上。茱莉亚抬头望着天空，发现夜幕已经降临，不禁心跳加快。这个时候怪物要出来了。她知道，这一晚注定不好过，果然，很快眼前就出现了三个僵尸，它们正慢慢地向他们逼近。

艾玛首先冲上去击中了其中一个目光呆滞的僵尸，用钻石剑消灭了它。布拉德跑到她身旁，和剩下的僵尸对战。茱莉亚正打算过去帮忙时，看见哈莉从她身旁飞快地跑开了，便急忙去追哈莉。

"别跑！"茱莉亚大喊着，就在这时，一支箭正好射在她的腿上。她一转身，瞧见卡特拿着弓箭站在她面前。

"你哪儿也去不了。"卡特威胁道。

此时，茱莉亚发现卡特身后出现了四个骷髅，但茱莉亚没有提醒她。她一动不动地站在原地，瞧着那几个怪物举箭对准卡特，然后射出一连串箭矢，要了卡特的命。哈莉依然是学校的心腹大患。茱莉亚看到她正挥舞钻石剑和米娅打斗。这时，哈莉一个箭步跑过来，跳到了茱莉亚身边。

"别再破坏我们的学校了！"茱莉亚大喊着，挥剑刺向哈莉未被钻石盔甲保护的部位。茱莉亚刺伤哈莉的时候，她发现哈莉那双齐膝的袜子掉到了脚踝处。"该结束了！"茉莉亚大喊道。

露西跑过来，给了哈莉最后一击，消灭了她。"她肯定会在你们的宿舍重生，我们必须抓住她。我们只有把哈莉和卡特关在基岩监狱里，这场战斗才算真正结束。茉莉亚，你必须现在就开始建造监狱。这是我们唯一的希望。"露西说道。

茉莉亚发现工具包里的基岩不够建造一所监狱了，不过她知道有个人有大量的基岩。她快步跑向布拉德，就在这时，太阳升了起来。

"布拉德，"茉莉亚上气不接下气地说，"我需要你的帮助。"她和布拉德说完露西的计划，布拉德就从工具包里取出了基岩。

"我有个绝妙的设计方案。"布拉德说。

听完布拉德的方案，茉莉亚虽然嘴上不愿意承认，但她打心眼里喜欢这个方案，她特别喜欢和布拉德一起建造监狱。他们打好地基，很快就建好了监狱，就等露西把第一个罪犯押过来了。

"我听说学校里原本有座基岩监狱。"布拉德说。

"是吗？"茱莉亚吃惊地问。

"是艾伦告诉我的，他说学校里曾经关过一个可恶的校长和几个破坏者。"布拉德解释说。

"真糟糕。真想知道他们做了什么事。"茱莉亚一边说着，一边和布拉德安好了监狱的一扇大门。

"我猜那应该是很久以前的事了，他们可能早就出狱了，"布拉德说，"不过不知道原来那座监狱怎么样了。"

茱莉亚希望艾伦能给她讲讲"我的世界"学校的故事，不过她知道，她也在谱写着"我的世界"学校的历史。就在这时，他们安好了其余的大门，完成了基岩监狱的建造。

这时，茱莉亚听到有人在喊救命。她忧心忡忡地瞧着布拉德，说："好像是露西的声音！"

第十七章
重建校园

"**救**命！"露西又大喊了一声。

茱莉亚和布拉德一边向声音传来的方向跑去，一边从工具包里取出剑，准备同卡特和哈莉作战。

"我觉得声音是从这儿传来的。"茱莉亚带着布拉德走进宿舍楼，朝自己的宿舍跑去。布拉德推开门，发现露西被卡特和哈莉团团围住。布拉德一剑刺中了哈莉，哈莉疼得丢掉了手中的剑。

茱莉亚明白，就算杀死哈莉也无济于事。她必须削弱她的力量，把她押送到监狱里去。

不一会儿，艾伦、艾玛、亨利和米娅也冲进了宿舍。艾伦兴奋地宣布："我们把学校周围的炸药全移除了。"

"什么？"卡特怒不可遏，愤怒地挥舞钻石剑，将剑刺进了露西的身体。

"结束了，"艾伦说道，"你们寡不敌众。"

"监狱建好了吗？"露西有气无力地问，卡特的最后一剑让她连站起来的力气都没有了。

"好了。"布拉德答道，"是我和茱莉亚一起建的。"

"你们还真以为能把我困在监狱里？"哈莉哈哈大笑，挥剑刺向露西。露西痛苦地大叫起来。

"当然。"艾伦走到哈莉身边，往她身上洒了些虚弱药水，米娅也往卡特身上洒了些药水。

茱莉亚挥剑对准哈莉，"跟我来！你现在有一个新家了。"

哈莉和卡特知道大势已去，不情愿地跟着茱莉亚走出宿舍，朝着基岩监狱走去。

此时，全校师生都站在大草坪上，瞧着哈莉和卡特穿过草地，进了基岩监狱。就在哈莉和卡特失去自由之前，哈莉还冲着师生们大喊大叫："没有结束！我相信，离结束还远着呢！"

"对不起，已经结束了。"露西说着关上了基岩监狱的大门，向师生们宣布，"谢谢大家帮我们打败了这两个坏蛋。她们企图将这所著名的学校变成恶棍的制造营。我很高兴，我们成功拯救了'我的世界'学校。这是我们学校历史上浓墨重彩的一笔。"

大家欢呼雀跃，露西继续说："在接下来的几天内，我们将重建学校，重新开课。"

茱莉亚和布拉德一起重建了食堂。食堂一建好，茱莉亚就担心起奥林匹克大赛来。她不知道经过这一战，学校还能不能参赛。她还想知道自己能不能入选。和布拉德合作以后，她知道他俩的水平不相上下，学校要从他们两个当中挑选出一个绝非易事。她多希望他俩能一起参赛呀！但她清楚，这只是她的奢望——只能有一个学生代表学校参加一个项目的角逐。

重建全部完工以后，露西在新的礼堂里召开了全体师生会议。所有人都聚集在礼堂当中。新建好的木质讲台闪闪发光，露西从讲台后走上来，宣布道："明天恢复上课。"

大家再次欢呼雀跃起来。

"我还有个特别的事情要宣布。我们已经选好了代表'我的世界'学校参加奥林匹克大赛的学生。"

礼堂里顿时鸦雀无声。

"的确很难选择。大家都知道，学校里每个学生的技能都出类拔萃，但经过慎重考虑，老师们还是选出了几个学生代表学校参赛。"

礼堂里依旧悄然无声。茱莉亚屏住呼吸。这一刻，她既兴奋又害怕。

"米娅。"露西大声说道，"请上台来。"

米娅走上讲台，露西看着她说，"你将以炼金术士的身份代表'我的世界'学校参赛。"

"谢谢。"米娅噙着泪水说，"能被选上真是太荣幸了！我会尽最大的努力为学校争光的。"

米娅站在露西身旁，只听露西喊出了下一个人的名字："艾玛。"

　　茱莉亚激动万分，她的两个好朋友都被选中了。她希望自己会是下一个幸运儿，不过，她瞥了一眼布拉德，也希望他是下一个代表学校参赛的学生。

　　露西宣布道："艾玛将以战士的身份代表学校参赛。她将向奥林匹克大赛证明，她是一位不容小觑的战士。"艾玛感谢了露西。大家都屏住呼吸，等待着露西宣布最后一个入选学生的名字。

第十八章
梦想成真

当露西叫到茱莉亚的名字时，茱莉亚呆愣在了原地，她不敢相信露西叫的是她的名字。

"茱莉亚。"露西重复道。

直到那时，茱莉亚才发现真的有人在喊她的名字。她颤抖着走向讲台。这也许是她的荣耀时刻，但她讨厌站在人群面前，她不喜欢被人关注，她宁愿待在幕后。茱莉亚站在露西身旁，当着全体师生的面，感谢了每一位老师。她深吸一口气，微微笑了。她瞧着自己的两个朋友，她们的梦想都实现了——她们要代表学校参加奥林匹克大赛了。

大会结束后，布拉德走到茱莉亚身旁，说："恭喜你。"

"谢谢。"茉莉亚微笑着说。

"你会打败主世界的其他建造者的。"布拉德对她说。

艾玛冲到茉莉亚身旁说:"真不敢相信,我们能一起参赛了。"

米娅欢呼着:"太棒啦!"

茉莉亚为布拉德感到惋惜。他站在她们仨身旁,感受着她们的喜悦和激动。学生和老师们走到她们身旁,纷纷恭喜她们,祝她们好运。

米娅和茉莉亚瞧见艾伦在礼堂后面和露西说着什么。她们走了过去。

"很抱歉打扰你们,"米娅说,"不过我想知道艾伦能不能和我一起准备比赛。"

"你问得真及时。"露西微笑着说,"艾伦,你要不要告诉她们我们刚刚在聊什么?"

"我要来学校任职,教炼金术。"他说。

"哇,太棒了!"听到能跟着艾伦学习,米娅高兴坏了。

　　艾玛跑到她们身旁，刚好听到艾伦说："我非常期待教你们配制各种药水。"

　　这时，亨利也走了过来，说："我会教你们寻找材料时需要的生存技能。"

　　麦克斯无意中也听到了他们的谈话，便说："我还会继续教你们最厉害的模组知识。"

　　茱莉亚开心地看着老师和朋友们。她知道，她们一定会在赛场上拼尽全力。她也知道，回到学校后，她能从老师和同学们身上学到很多东西。这和她在冰原群系孤独的生活截然不同，她很高兴自己适应了这里的生活。无论比赛结果如何，她已经在新生活中学到了太多的知识。

《我的世界》图书家族

放下游戏，爱上阅读

第一辑（第1—6册）

第二辑（第7—12册）

第三辑（第13—18册）

第四辑（第19—24册）

史蒂夫冒险系列（共四辑·24册）

与史蒂夫一起在"我的世界"里探险，
领悟成长的真谛——友爱、互助、信任、担当！

《我的世界》图书家族

放下游戏，爱上阅读

冒险故事图画书
（共四辑·24册）

让小凤带着你徜徉在绚丽的方块世界中，
收获满满的勇气和责任感！

"游戏骑士999"系列

跟随"游戏骑士999"穿越时空，
加入游戏世界中，
展开拯救村民和服务器的战斗吧！

第一辑（第1—6册）

第二辑（第7—12册）

第一辑（第1—8册）

红石学校系列
（共两辑·12册）

第一辑（第1—6册）

第二辑（第7—12册）

跟随素素进入红石学校，探寻红石的机关之谜，开启奇妙的历险之旅吧！